TOMINO THE DAMNED

by

SUEHIRO MARUO

托米諾的地獄 3

丸尾末廣

托米諾的地獄
承前

薩爾瓦多・藤山
拉茲洛・萊文斯坦
赫伯特・汪
雙頭將軍（名古屋三郎）
小不點健
小不點政
歌川唄子（松田昌江）
金姊

〔人物介紹〕

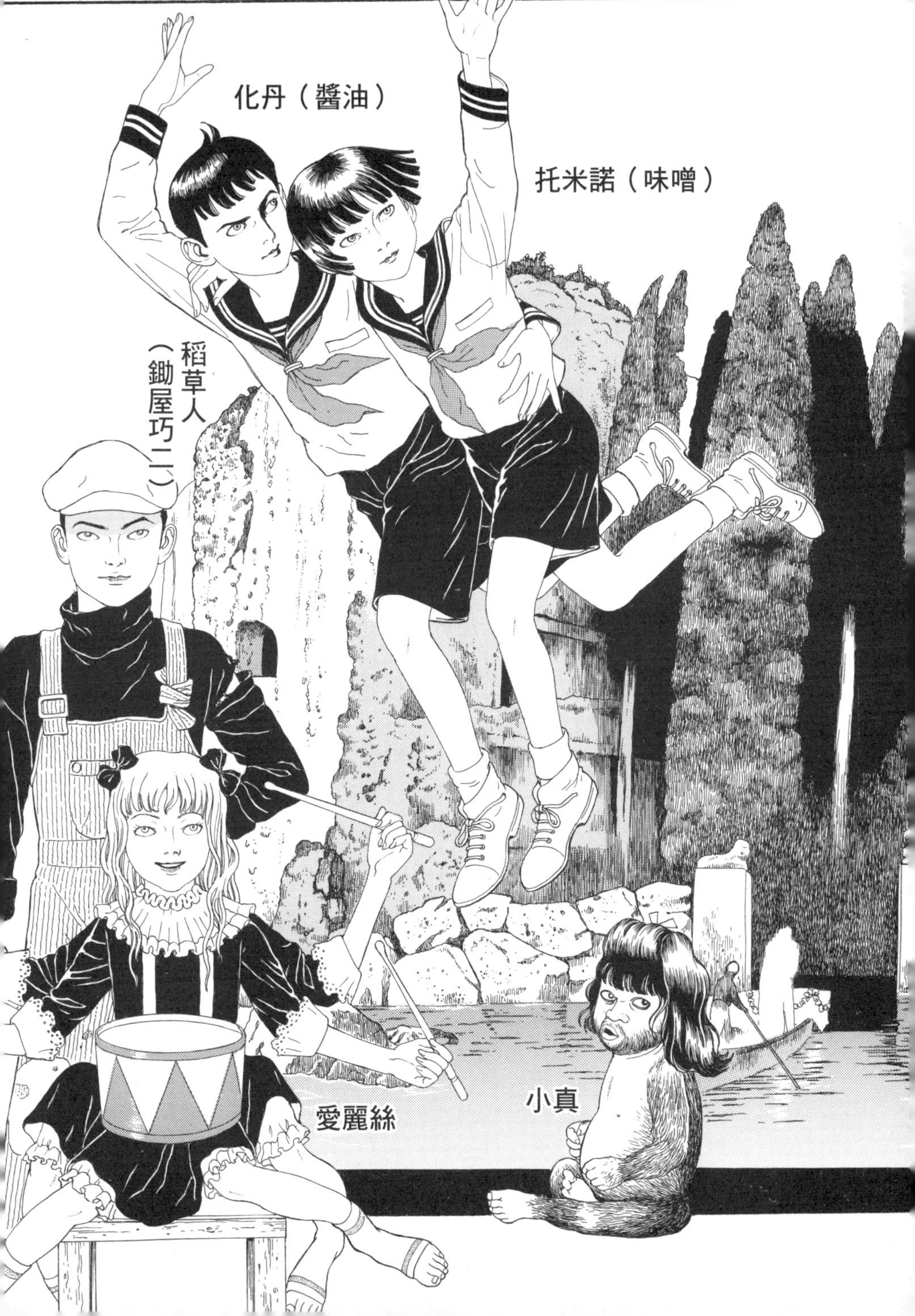

化丹（醬油）
托米諾（味噌）
稻草人（鋤屋巧二）
愛麗絲
小真

前情提要

這對雙胞胎姊弟被生母拋棄、託付給親戚，飽受虐待，到最後還被賣到了淺草的見世物小屋去。雙胞胎的母親是大銀幕上的「幽靈」女演員・歌川唄子，父親是見世物小屋的團長，怪物般的汪。不過兩人當然無從得知這個事實。在繁華京城的歡樂街，他們被同團的成員們命名為托米諾和化丹，獲得有生以來第一個「容身之處」。

不過，在汪的指示下，托米諾成為新興宗教教祖、前章魚女・愛麗絲的隨從，被迫練習雜技時意外燒傷的化丹，則被送到遙遠孤島。兩人失散了。

化丹遭到禁閉，而且身體似乎就要被改造了。他決定在島上女孩小綾的幫助下試圖冒死逃亡。落單的不安折磨著化丹，而另一方面，托米諾感應到他的痛苦，因而目睹了「世界末日」的幻影。見世物小屋遭人縱火，燒成灰燼，表演團大概也得鳥獸散了。就在這時，放棄女演員工作的唄子現身了。

雙胞胎不得不活在悲慘的境遇之中。而他們各自的地獄巡禮會通往何方……？

托米諾的地獄 3

目次

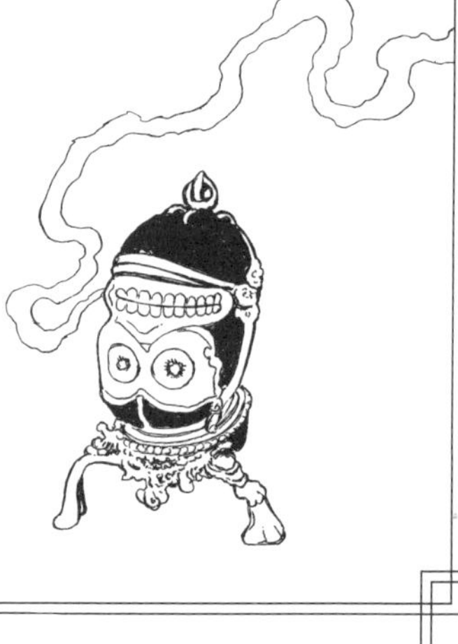

第十章 睡鞋

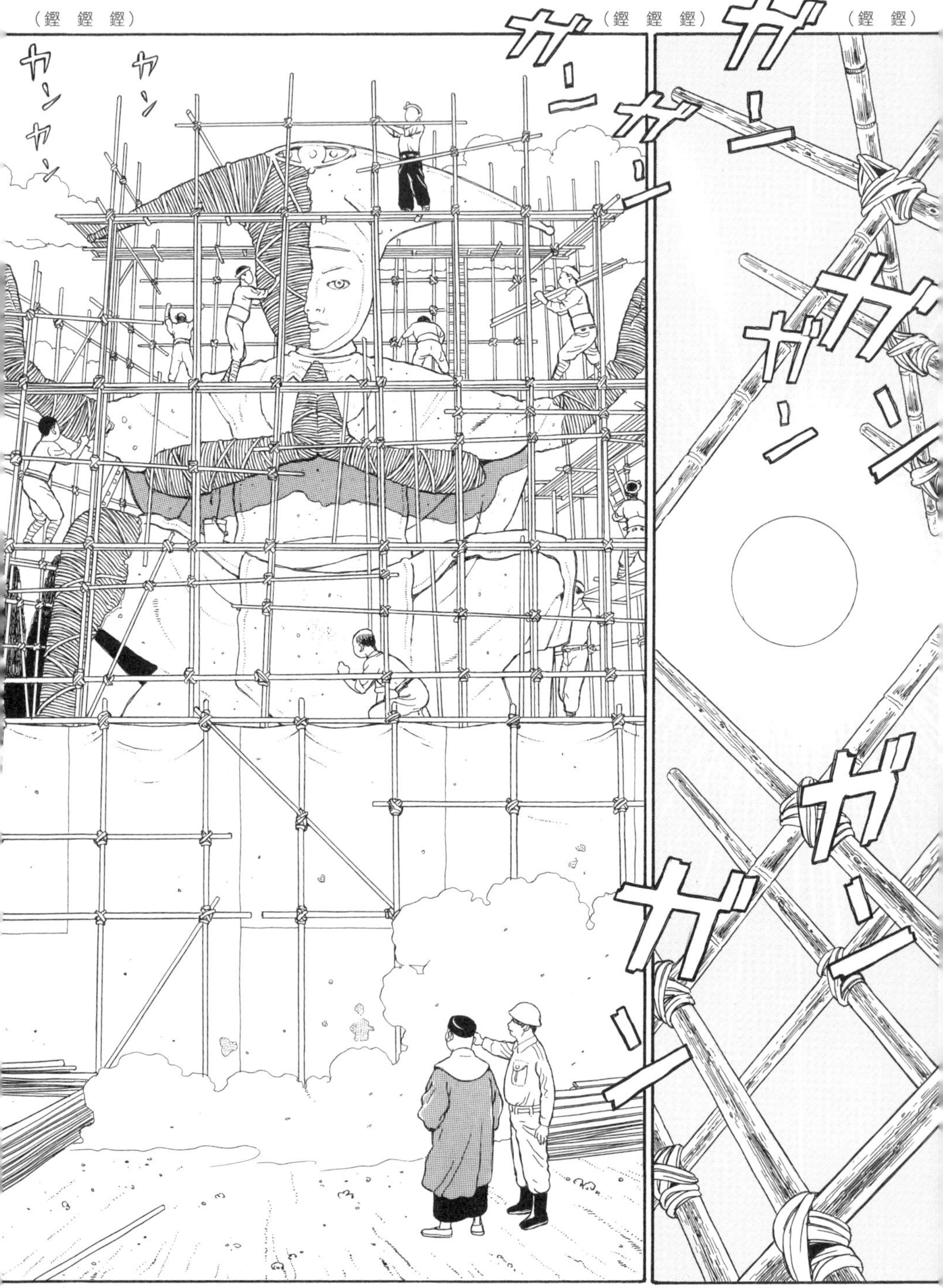

（鏗　鏗）
ガーン
ガーン
ガーン
ガーン
ガーン
（鏗　鏗）
（鏗　鏗　鏗）
ガーン
ガーン
（鏗　鏗　鏗）
カンカン
カーンカーン

ガン
（鏗）
ガン
（鏗）
（鏗鏗鏗）
ガン
（鏗）
ガン
ガン
ガン
（鏗 鏗 鏗）

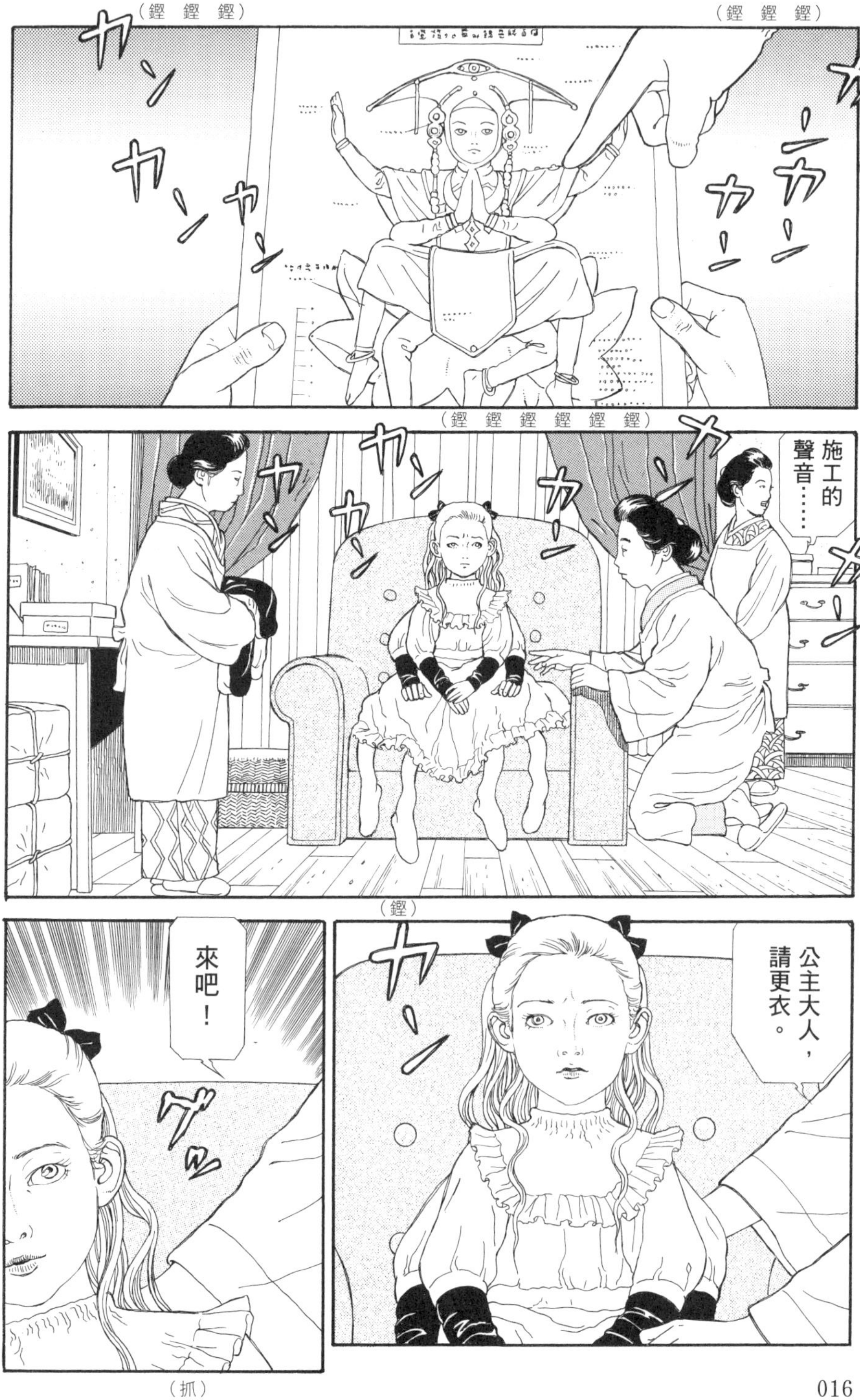
(鏗鏗鏗)
(鏗鏗鏗)
(鏗鏗鏗鏗鏗鏗)
施工的聲音……
(鏗)
公主大人，請更衣。
來吧！
(抓)

啊啊
啊啊
啊啊啊啊
啊啊
啊啊
啊啊
啊啊啊啊
啊啊
啊啊
啊啊
哼，又來啦。
真頭痛啊。
托米諾妹妹她……
ガチャ
（喀恰）

一定是因為托米諾妹妹不在了啊。
托米諾？
說什麼蠢話！
公主大人也需要朋友啊。

吁
吁
吁
吁ー
吁

（喀答）
カタ
老爺，我出去買東西。
妳，
別穿和服了。
和服很陰沉，不行啦。
對不起……
啾ー啾
啾啾
啾ー嗶
嗶ー嗶嗶嗶
嗶嗶嗶嗶
啾啾啾

嗶嗶
嗶—啾
嗶—啾
嗶—啾
嗶—啾啾
嗶嗶嗶
感覺還好嗎？
為什麼要對我警戒呢？

＊可爾必思

チ！ピピ
嗶！啾
東京附近啊。
嗶嗶嗶

痛痛痛，我的腰…
哈哈哈！
做不習慣的事情呀就會…
吃中飯囉～

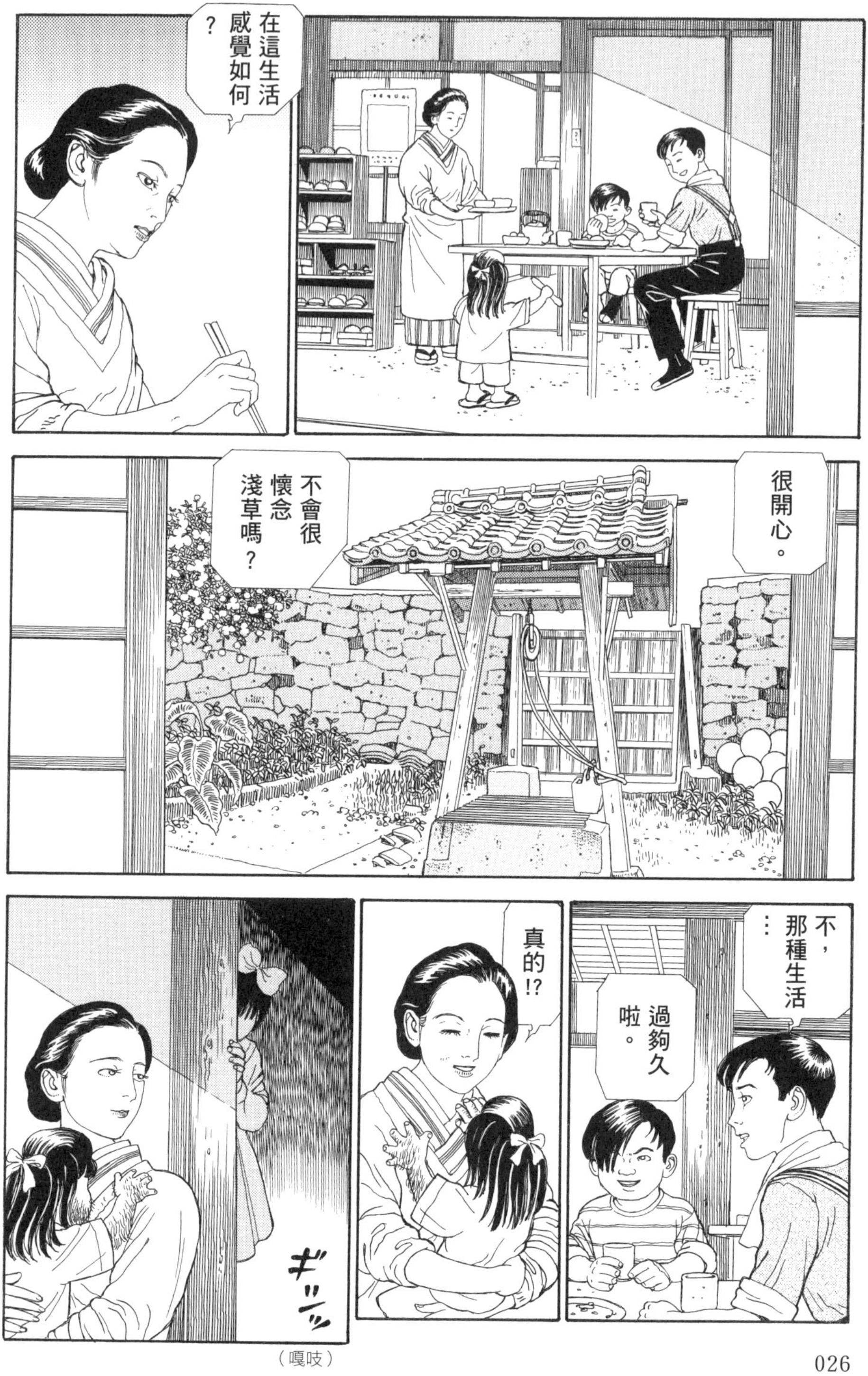
在這生活感覺如何？
很開心。
不會很懷念淺草嗎？
不，那種生活……
過夠久啦。
真的!?
ギッッ

（嘎吱）

瑪利亞妹妹，一起吃中餐吧。
晚點再吃？
瑪利亞妹妹，過來一起吃吧。
很怕生呢。
遲早會習慣的啦。
唄子小姐。
歌川唄子已經不存在囉。
我是松田昌江。

我已經不是演員了。
現在是農家的阿姨。
怎麼稱呼妳才好呢？
阿姨。
阿姨……
……
話說——
我還想聽你們多說一點——
托米諾和化丹的事。

真不敢相信!!
托米諾和化丹竟然是唄子小姐的小孩!!
我們，
有什麼能為唄子小姐做的呢!?
咻——
ゴォォ
我去黃金卍教會一趟，
找托米諾！

ゴォオー
（咻——）
ガタガタガタガタガタ
（喀答喀答　喀答喀答喀答）
得把你藏到某個地方才行!!

（劈哩～～）
混帳東西！
小綾!!
（扯）
（扯）
走著瞧!!
（嘩）

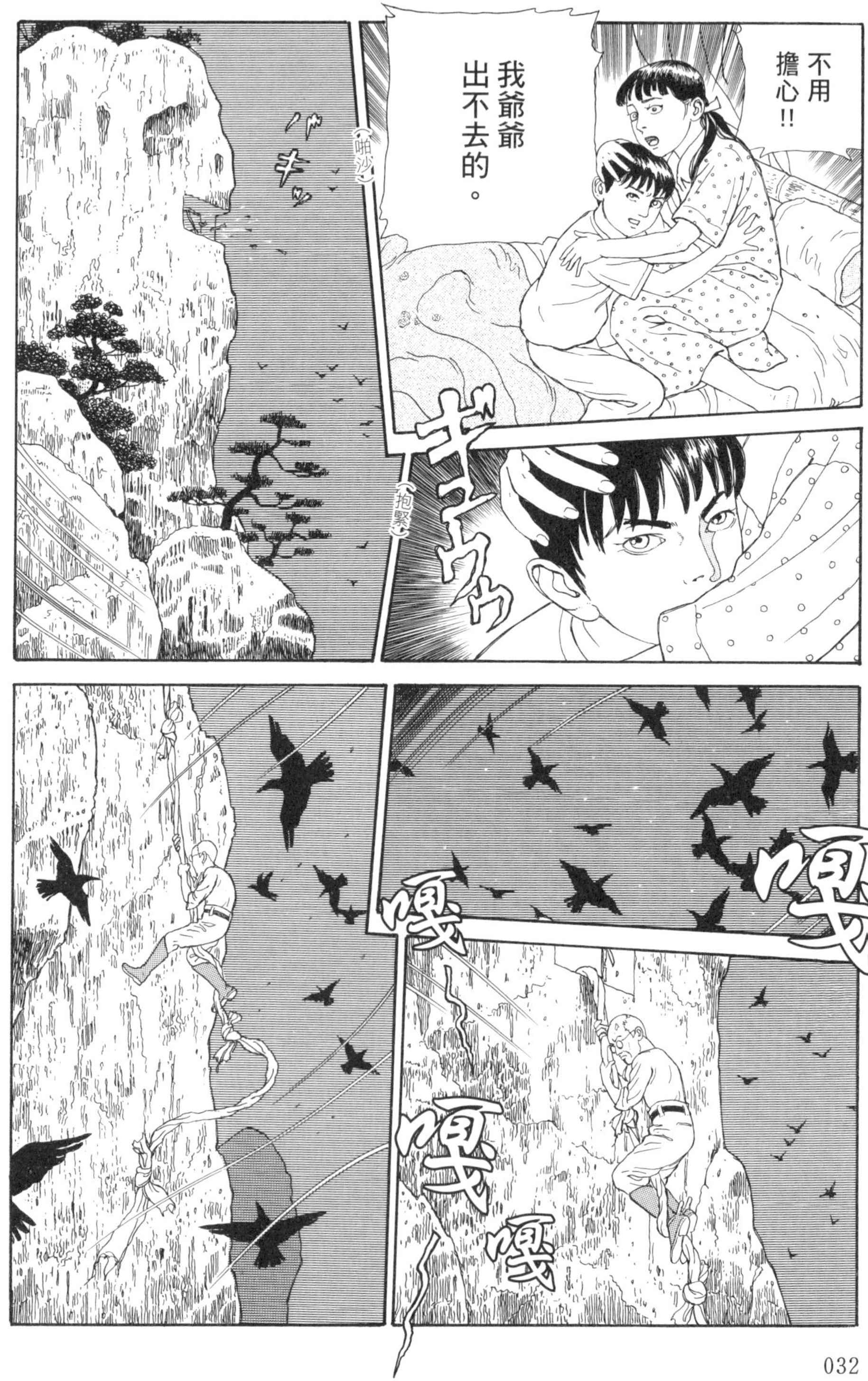
不用擔心!!
我爺爺出不去的。
パサッ
（啪沙）
ぎゅう
（抱緊）
嘎
嘎～
嘎
嘎～

（啪沙）
哇啊！
嘎
（啪沙）
啊
啊
啊
啊
嘎
咿——
（噗通）

呀啊啊啊

第十一章　燈臺鬼

嘎
嘎
嘎
嘎
嘎
嘎

手腳被咬斷，
腸子都
跑出來了。

我爺爺就算死了，
村裡的人也不會哭的。
他是討厭鬼啊。
我變成孤單一人了……
欸，
你要不要在這裡和我一起生活？

你還是要回東京嗎？
カチャ
（喀恰）
久等了。
我來介紹新朋友。
這是多美。
這是彌生。

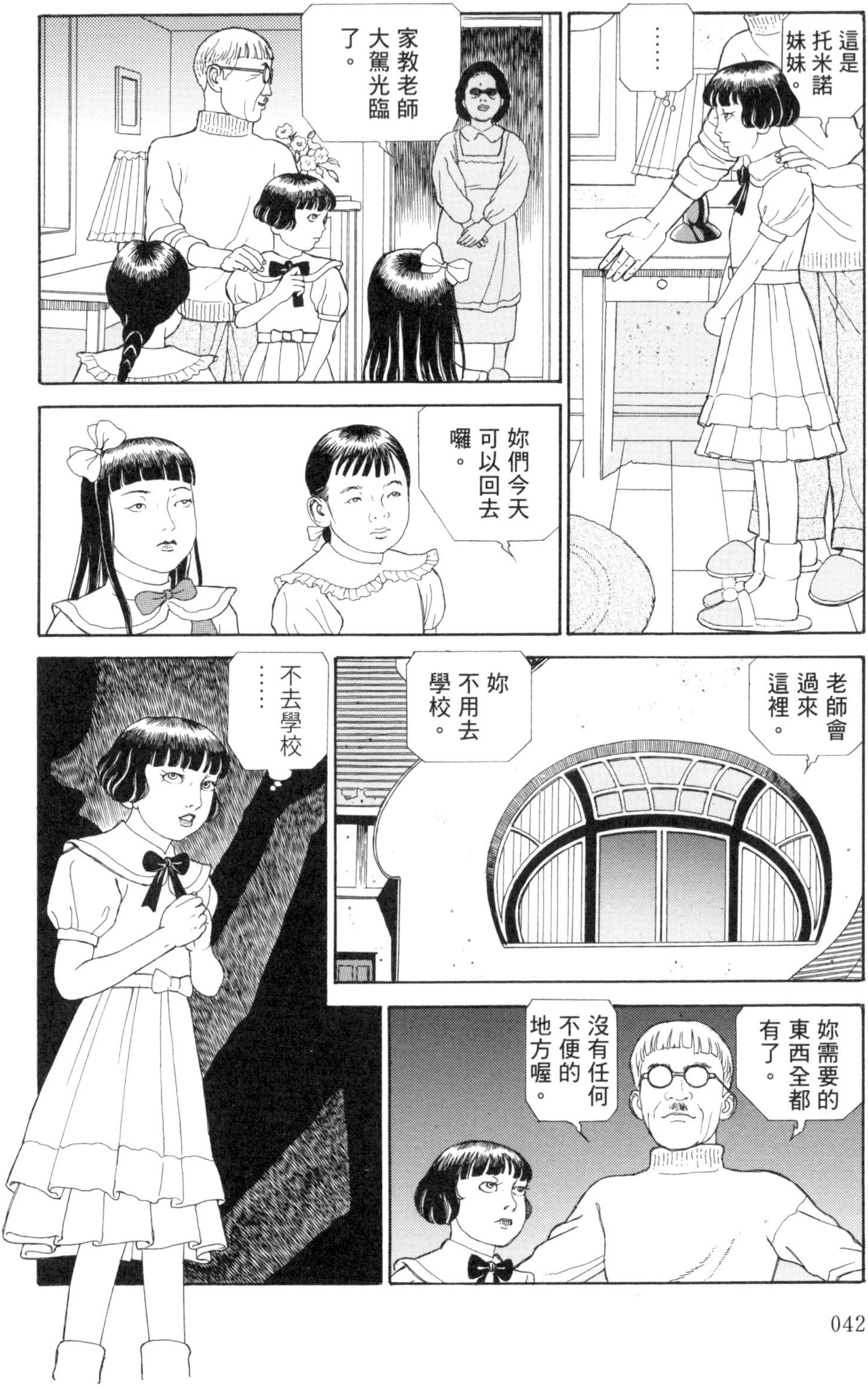

這是托米諾妹妹。
……
家教老師大駕光臨了。
妳們今天可以回去囉。
老師會過來這裡。
妳不用去學校。
妳需要的東西全都有了。
沒有任何不便的地方喔。
不去學校……

窮人們節衣縮食賺到的錢——
收下這種錢真快活……
哈哈
哈哈
哈哈

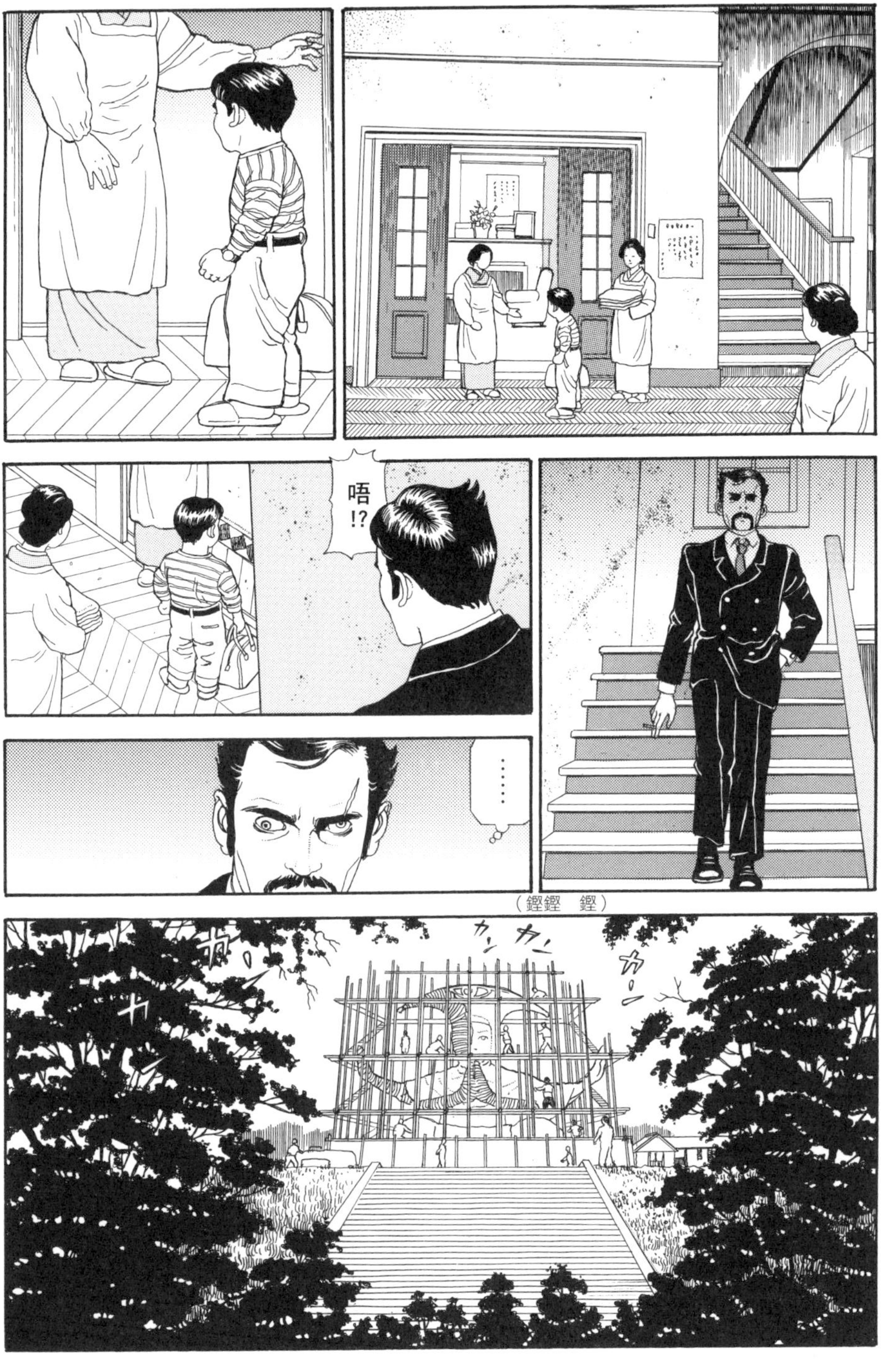
唔!?
……
（鏗鏗 鏗）

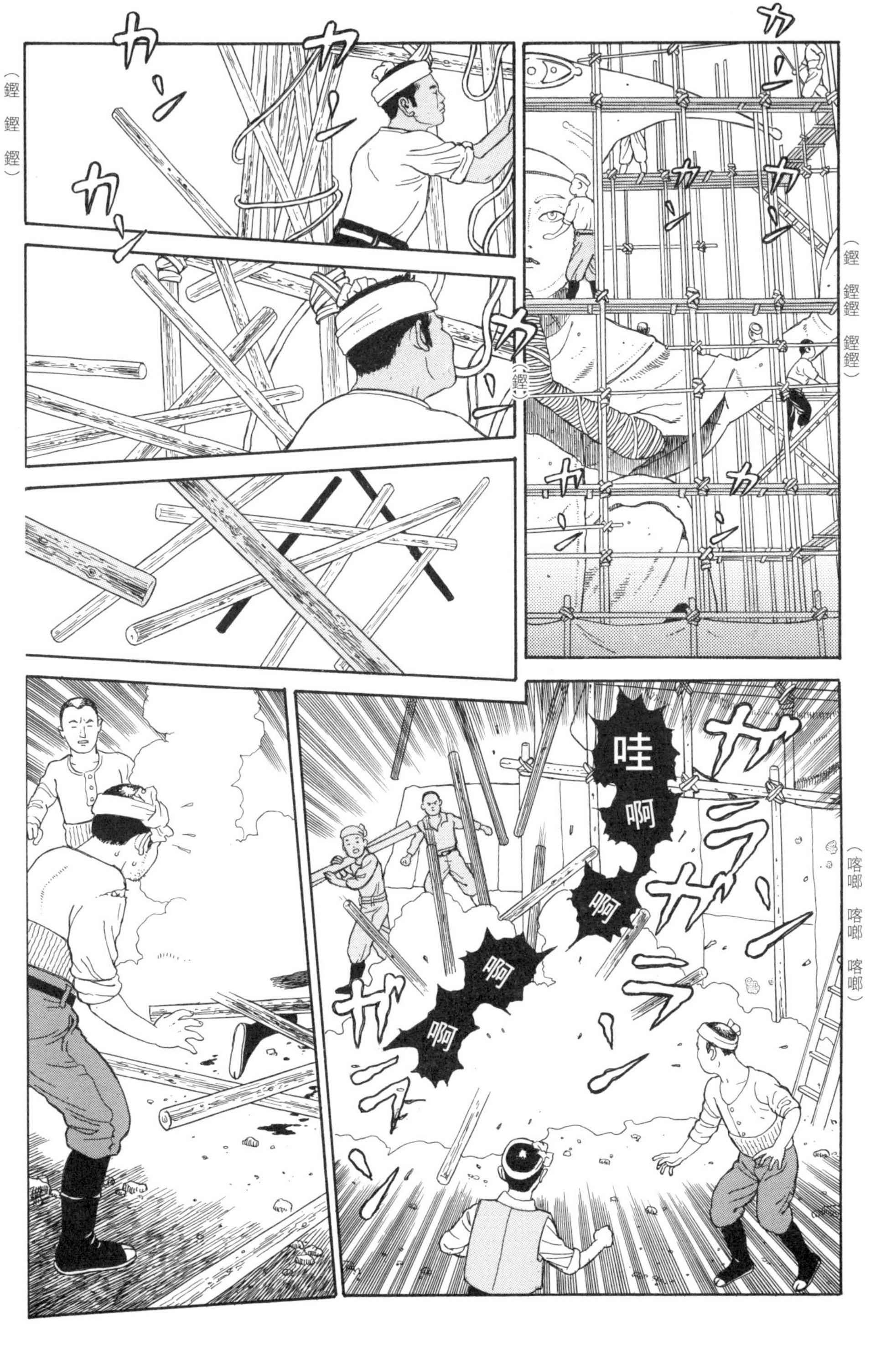

カン
カン
カン
カン
カン
（鏗 鏗鏗 鏗鏗）
カン
カン
カン
（鏗 鏗 鏗）
カン
（鏗）
ガラガラ
ガラン
哇啊啊啊啊
（喀唧 喀唧 喀唧）

哇啊
啊
啊
啊
（唰）
ズッ
ドスー
（咚沙）

（轟──）
中止!!
中止施工!!
張大人!!
出、出意外了!!
什麼!?
來到第三個了嗎……!
而且是連續兩個人!

還請享用。

ドーン
（咚咚）
ドーン
ドーン
（咚）
ドーン
ドーン
（咚 咚）
唄子小姐！
唄子小姐！
唄……!!
啊……阿姨。
我回來了。
歡迎回來。

咦？
那孩子成了
養女!?
養女
……
我打探不到
更多消息了
……
是汪！
汪把
托米諾
藏起來了。
……
……
稻草人
呢？
啊…
稻草人
先生他

YAMADA·FRUITS·
PARL'OR
DAIKOKUDO
山田フルーツパーラー
去淺草了呀。
ドーン
（咚）
ドーン
（咚）
去還他的債。
ドドドーン
（咚咚咚）
切支丹娘
蛇姫様
牛男
ドーン
（咚咚）

啊，稻草人，好久不見。
原本在這的女子相撲呢？
女子相撲沒了啊。
那些大姊被逮捕了呢。
逮捕!?
那麼黃，遲早會被逮捕啦。
……
咻
小哥！

ドドン
（咚咚）
黒川
來瞄一眼吧。
灯臺鬼
浅草初公開!!
黒川興行社
ド
（咚）
去吧，
看完再付觀賞費。
燈臺鬼……？
ドドン
（咚咚）
チリ
（叮鈴～～）

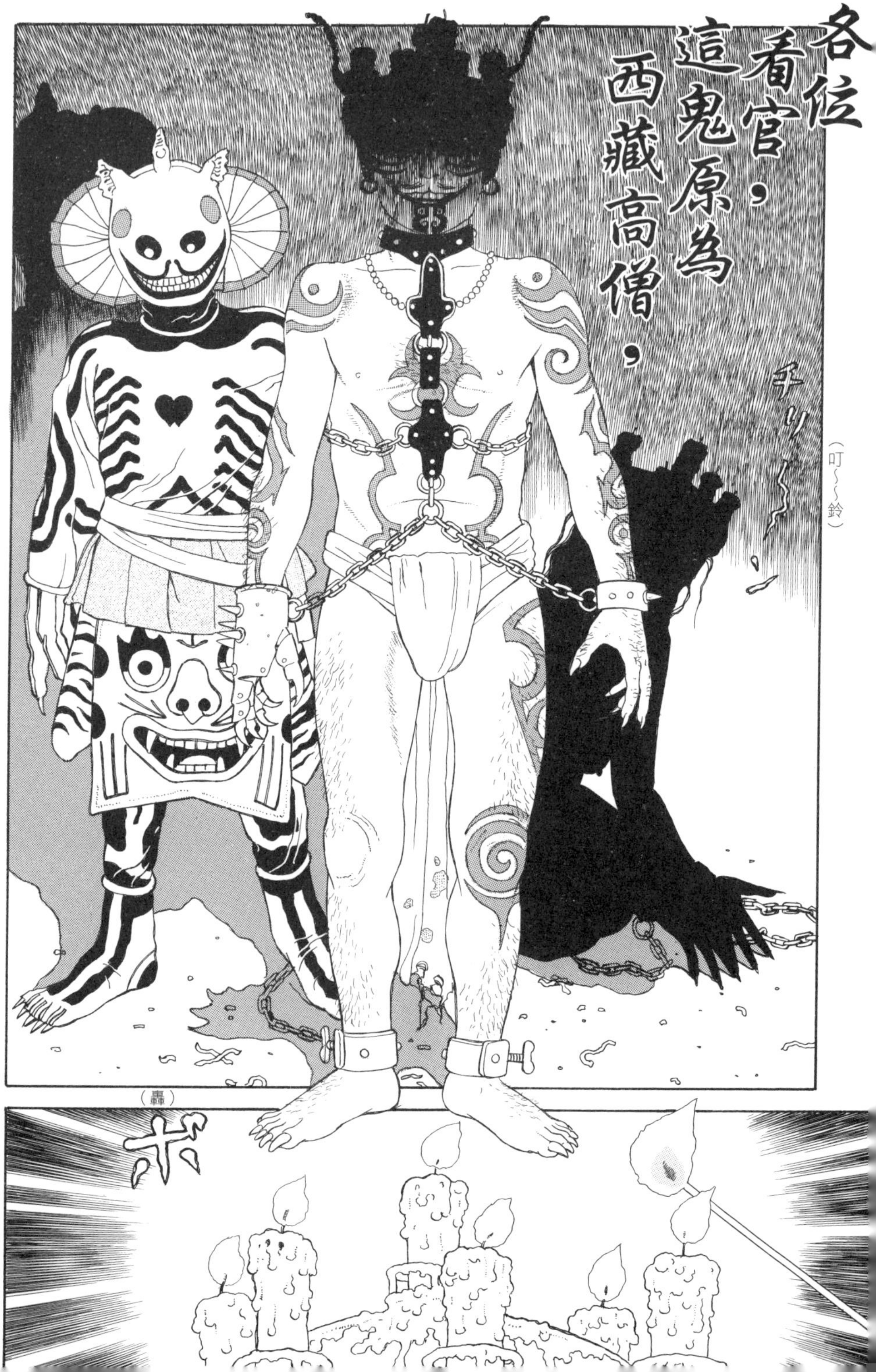
各位看官，
這鬼原為
西藏高僧，
チリ〜〜
（叮〜〜鈴）
（轟）
ボ

後來沉溺於酒
和女色，
忘了念經，
他為自身罪過
感到可恥，
ジュル
（流）
呀啊啊啊
願化為此
姿態，
但求照亮世間
一角。

也有女鬼。
雙方是夫妻。
身上刺青很美呢。
站起來!!
（劈啪）
（劈啪）
哈
哈
哈
哈
哈
哈

被灌了藥，所以發不出聲音呢。
藥……
（劈啪）
也可以欣賞夫妻交合喔。
費用另計。
嘻嘻嘻
咦……？
那個刺青!?
名古屋先生!?
（噠噠）

不可以碰！
稻……
稻・草……人。
啊，金!?
她出聲了!?
金姊!?
（劈啪）

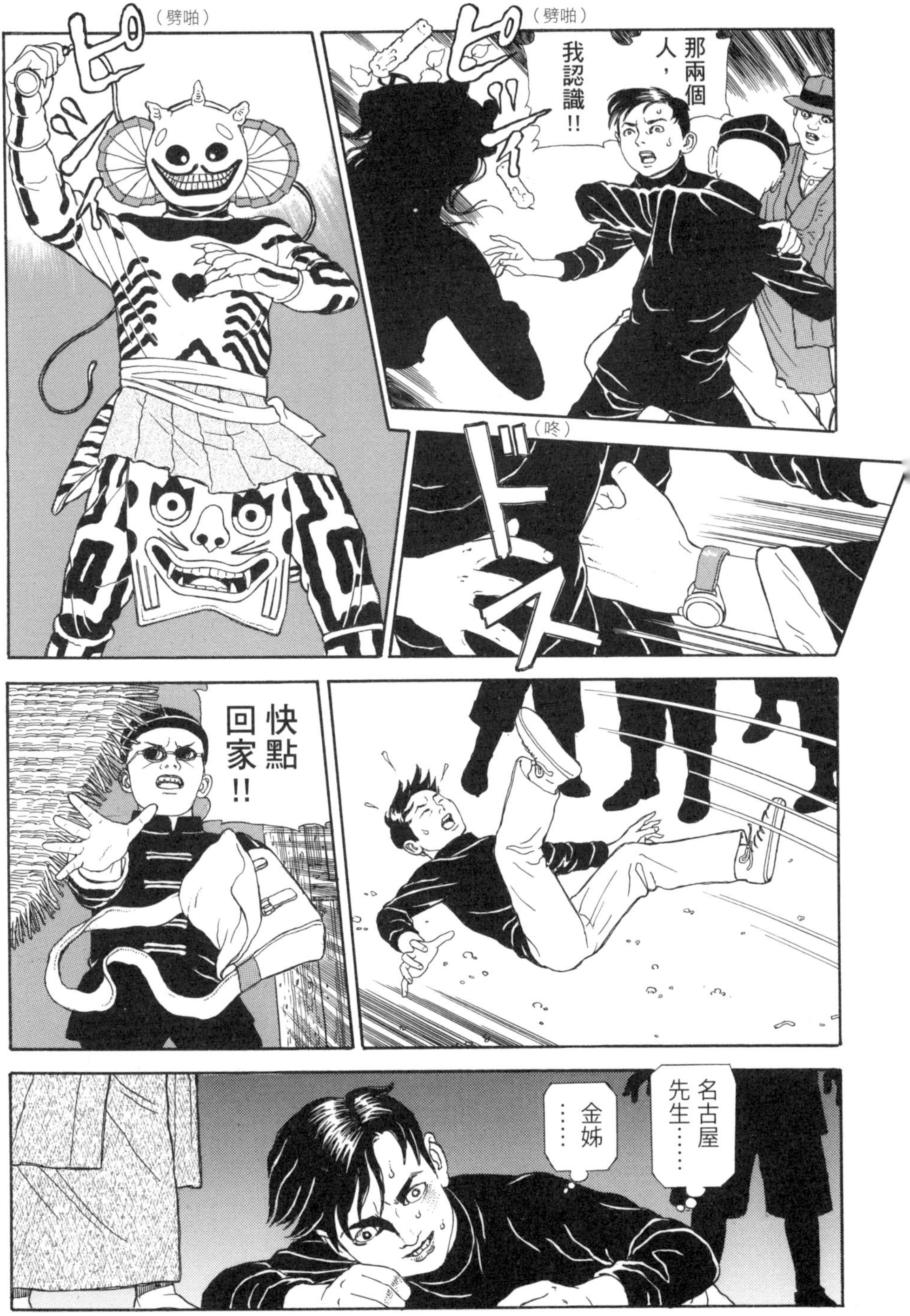

ピ
（劈啪）
那兩個人，我認識!!
ピ
（劈啪）
ドス
（咚）
快點回家!!
名古屋先生……
金姊……

地下鉄ストア
地下鉄
酒
マルコシ
ドンドン
ドンドン
(咚咚 咚咚)
パーパー
ドンドン
(咚咚咚 叭叭——)
ピー
(嗶——)
汪…!
你怎麼會這麼狠毒!!

第十二章 筆尖
Automatisme

啊，螢火蟲！
小綾……

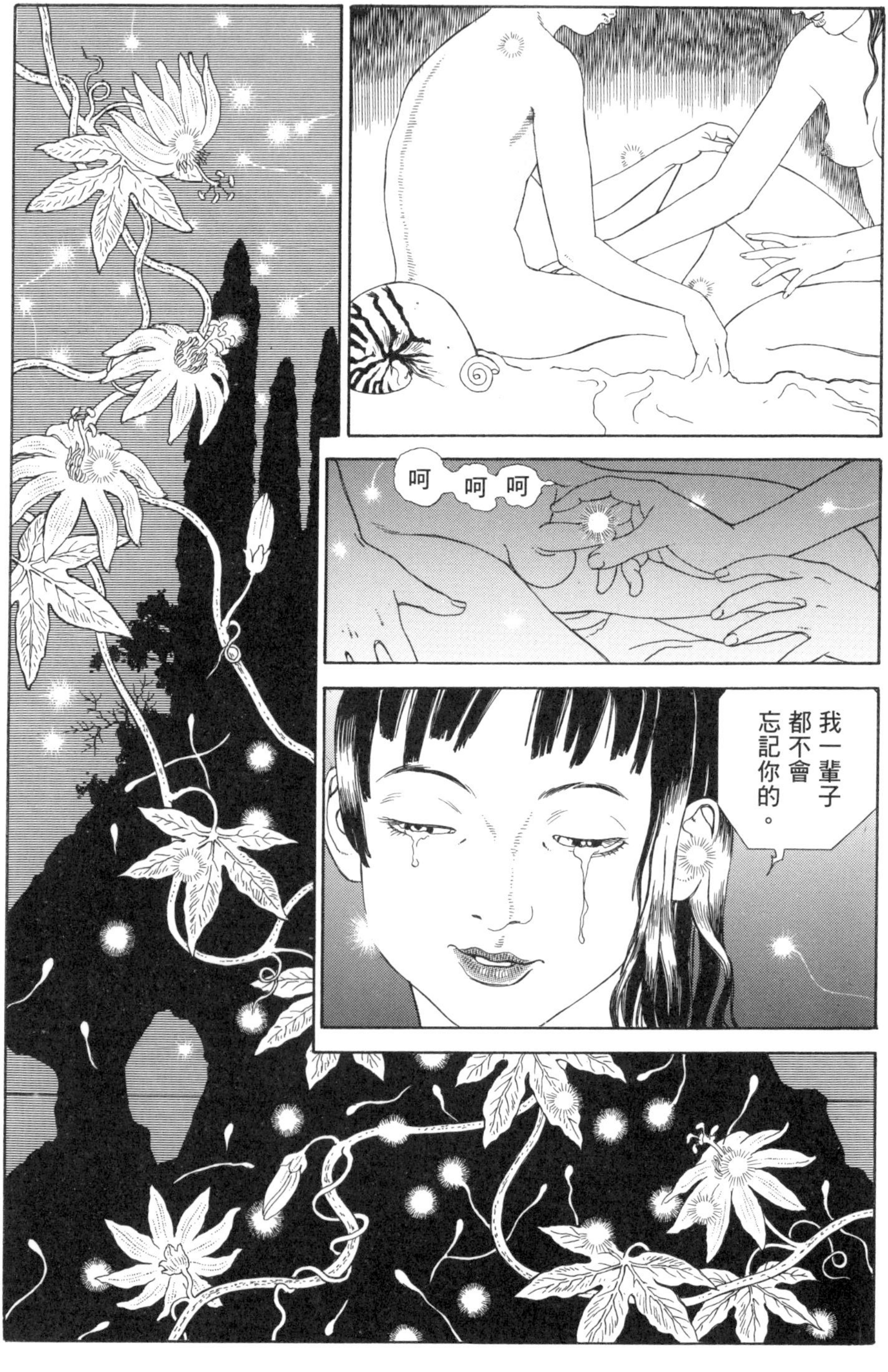
呵 呵呵
我一輩子都不會忘記你的。

ポリ
ポリ
（啵哩　啵哩）
那是我的啊。
別隨便亂吃啦！
我要回去了！
我也要回去了！
ドッ
（咚）
ドッドッ
（咚咚）

不行！
都說好了，妳們要玩到四點。
好無聊!!
我不要來了！
ガタン
（喀答）

（喀答）
ガチッ
啊啊!!
門、門上鎖了!!
ガチャガチャ
（喀恰　喀恰）
ガチャガチャ
（喀恰　喀恰）
爲什麼…
爲什麼!?

（咻——）
工人都不見了啊。
鷹架也拆掉了

工人都覺得很毛——
不願意來了……
今天人很少呢。
您聽說了嗎？

川越的塙先生，得肺病吐血了……
血!?
水木先生的女兒也吐血啦。
聽說吐了一整杯子的痰呢。
浦和的柘植先生也得了結核啊。
真可怕……!
張大人也變得非常神經兮兮。
說到張大人……
嘀嘀咕咕

聽說他原本是宦官呢※。
宦官!?
噓——
那只是不懷好意的傳言吧？
汪大人曾說……
最適合侍奉神的人……
非張莫屬。
意思就是指那個吧？
ガタ
（喀答）
噓——

※侍奉貴族或皇帝的閹割男性。

麻煩了。
寫愛喔。
愛。
（沙～～）
（沙～～）
死

啊啊！
笨⋯
笨蛋!!
死
（唰唰）
（唰）
哎呀，他罵公主大人笨蛋——

ROSALIA LOMBARDO
Nata 1918-Morta 1920

蘿沙麗亞・倫巴多（一九一八年～一九二〇年）

兩歲少女的木乃伊，
安置在義大利巴勒莫卡普奇尼修道院的
地下墓穴內。
由於接受了防腐處理（遺體衛生保存），
她仍保有生前的姿態，彷彿是睡著了。

蘿沙麗亞・倫巴多！這就是你的終極夢想嗎？

才不是呢。
我只是想要自己的女兒。
妻子沒生下我的孩子，
就過世了…
拉茲洛先生，
那金髮少女，
已經在你伸手無法觸及之處了呢。
伸手無法觸及？
（按）
也許是吧。
不過，我還沒放棄。

嗶
啾啾啾
嗶嗶嗶
嗶嗶

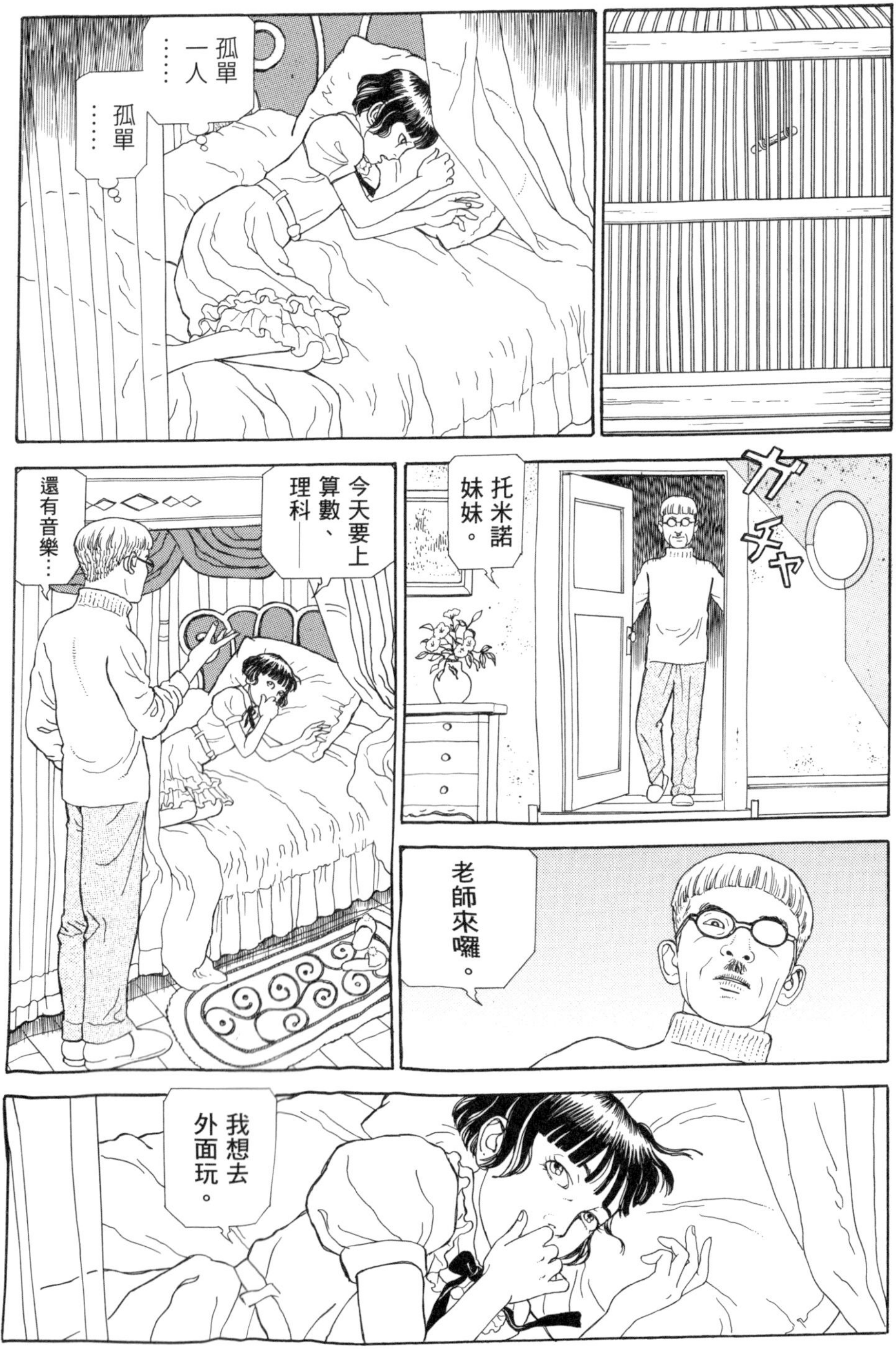

孤單一人……
孤單……
ガチャ
（喀恰）
托米諾妹妹。
老師來囉。
今天要上算數、理科——
還有音樂……
我想去外面玩。

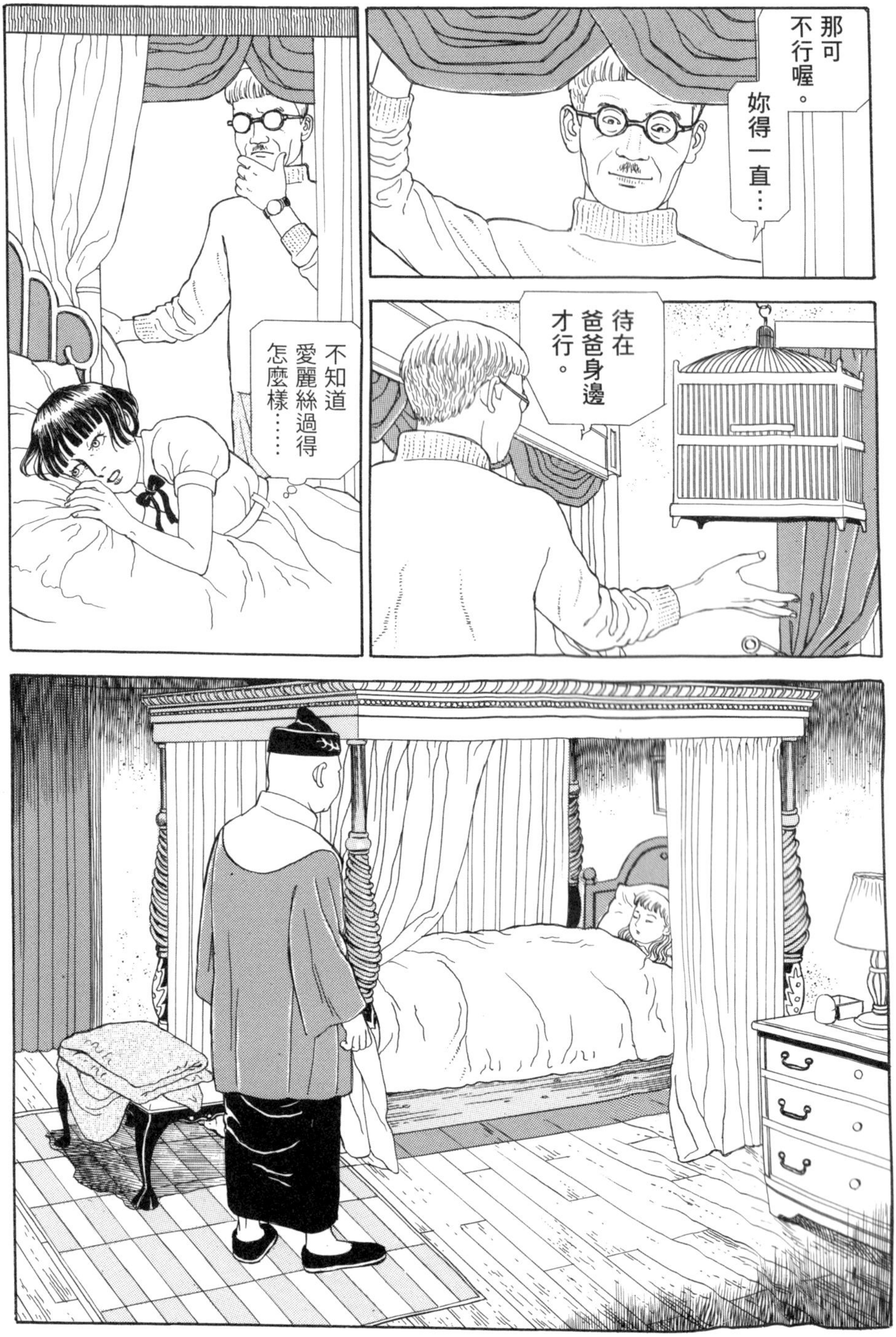
那可不行喔。
妳得一直……
不知道愛麗絲過得怎麼樣……
待在爸爸身邊才行。

她只是見世物小屋裡敲太鼓的…
什麼事都做不來的。
？
(轟——)
(轟——)
嘎嘎嘎

（轟～～～）
ゴォオオー～～
嘎嘎
ゴボゴボ
（咕嚕—咕嚕）
ゴボ
（咕嚕）
（砰）
唧唧唧唧唧唧唧唧

哇哈哈哈哈哈
ゴゴォォ
(隆隆)
ヒュ
(咻)

ドッ
（咚）
ゴォオオ
（轟～～）

（隆隆隆～）

二〇四
電話室
我是張。
愛、愛麗絲的事——
就麻煩你了。
是。
是。
這交給我，我會設法……
把愛麗絲帶到你那邊。

張大人，神像送到了。
總之先來了三千五百具。
之後再說吧。
我要帶公主去醫院。
醫院!?
肺結核正在流行，
很危險！
讓公主暫時休息。
（咚）

ドドドドドドドドドドド
（咚咚咚咚）
ガアア
（嘎——）

不用奉茶喔。
汪大人說誰都不准進去——
是中國的貴賓嗎？
是印度人。
請把那孩子還給我。
那孩子人在哪裡？

五年前，
我向你買了那個小孩。
那個野獸般的小孩。
事到如今才說希望我還給你，是什麼意思？
我要帶他回印度。
不過，我不是那孩子的父親。
咳咳
咳咳
他是某位大人的——
!?
父親的事我不提了，
不過他的母親是這位。
Show your face。＊

＊「讓他看妳的臉。」

春夜宴 桃李
夫天地者萬
光陰者
浮生若
人秉燭夜遊
況陽春召我
塊假我以

新田川航空機株式會社
張大人。
謝謝！

第十三章 波羅葦増雲（Paraiso） 上

（轟——）
（轟——）
張先生。
（轟——）

為什麼你想在我的國家生活呢？
害怕汪先生報復你嗎？
ゴォォォォォン
（轟──）
報復？
並不是。
我只是想要離開日本。
日本沒有未來……
日本會滅亡的……！
日本會滅亡!?
ゴォォォォォン
（轟──）

能和歐洲列強平起平坐的，
只有日本。
會滅亡的，
是中國才對吧!?
但會不會是我被這孩子利用呢……？
我原本是想利用這孩子逃出日本——
ゴォオオオ
（轟——）

張先生。
多巧啊！
這不是鉤十字嗎？
（轟——）
這符號不久後就會席捲世界吧。
千年王國等待著我們。
它將為愛麗絲存在!!

得到渴望之物的喜悅，
背叛朋友的喜悅。
哈哈哈哈哈哈
張!!
你把愛麗絲交給——
交給拉茲洛了吧！

拉茲洛先生，我們要搭它一路到柏林？
當然了！
雖然是小型機，途中還是不用加油。
從羽田飛到柏林——
（答答）
（答答答答答）
（答答答答）
停下來。
（答答答答）
停下來！
（答—答—答—答）

Ich bitte
um ruhe.
（安靜。）
（答答答）
停下來!!
（嘎）
（鏗鏗鏗鏗）
Halt's
Maul!!
（吵死啦！）
（鏗）
啊啊
啊啊啊啊
（叩）
（咚）

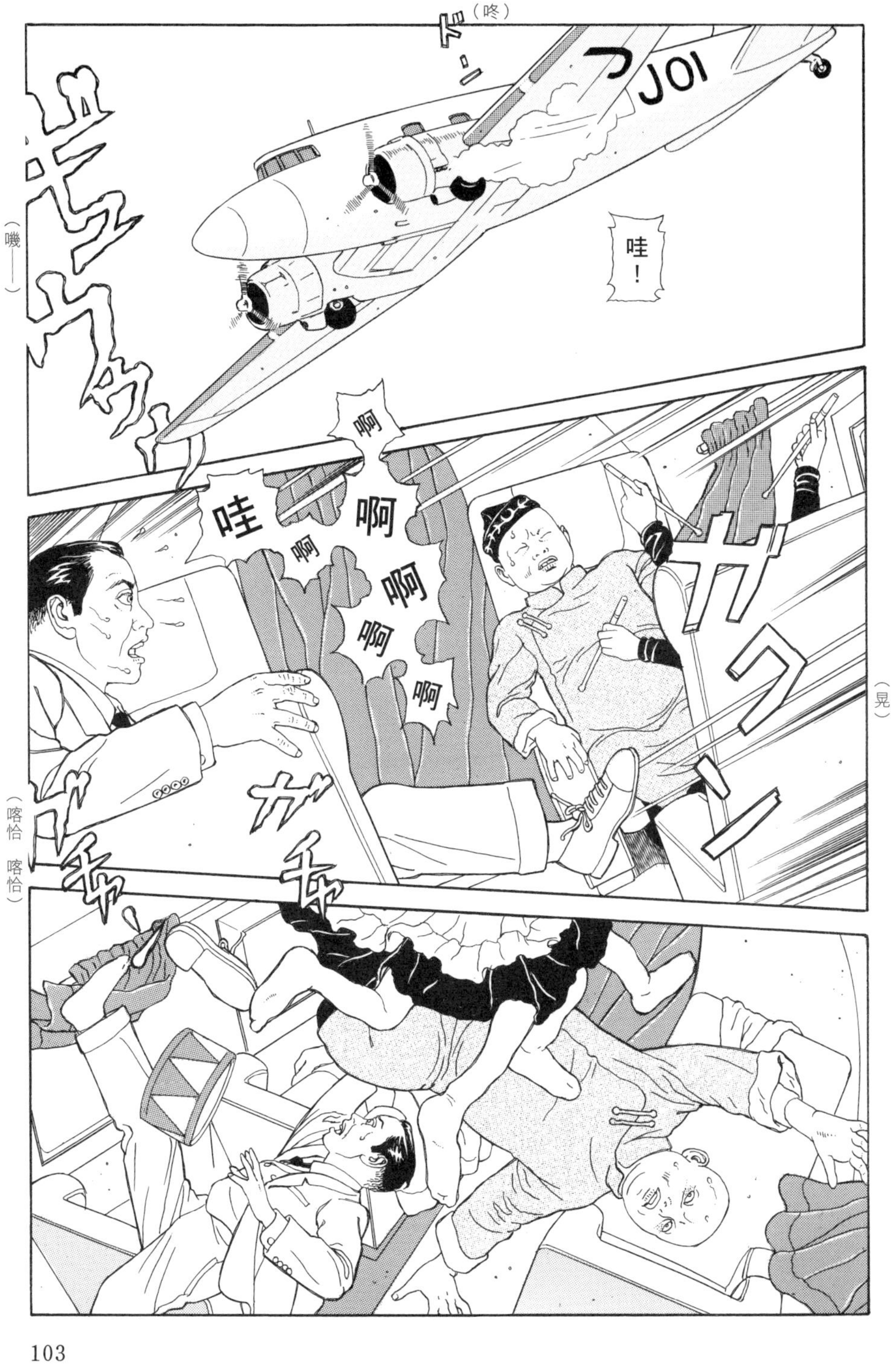

（咚）
（嘰——）
哇！
哇
啊
啊
啊
啊
啊
啊
（晃）
（喀恰 喀恰）

（隆隆）

（轟——）
ゴォォオォ〜〜ン
ゴォオオォン
（轟——）
ピチャ
（滴答）
油…!?

J
3.

（答答 答）
（答答答答答）

（答答 答答 答）

（答答 答 答 答）

(答 答答)
タン
タ タン
タ タン
(答答 答)
(答答 答)
タ タン
タ タン
(答答答 答)
タ タン
タン

（喀啦喀啦喀啦）
ガラ ガラ ガラ
呼啊啊啊
在發光！一切都在發光！
樂園原來不在遠方，
而是在這麼近的地方啊！

第十四章 波羅葦增雲（Paraiso） 下

（唰唰唰）
（唰唰唰）
托米諾。
化丹。
（嘩）

ザァァ
(嘩)
他們兩個和母親分離，心情會是多麼難受啊。
我現在卻非常幸福。
稍微長高一點了呢。

瑪利亞妹妹也來到這裡，真是太好了呢。
她在淺草…
差點被賣給見世物小屋呢。
怪物女演員和怪物住在一起。
都是怪物，很合得來唄。
嘻嘻
嘻嘻嘻

去田裡除個草吧。
別那樣。

欸，
你也有爸媽嗎？
那個爸爸……
我討厭他！
欸，我們一起逃走嘛。

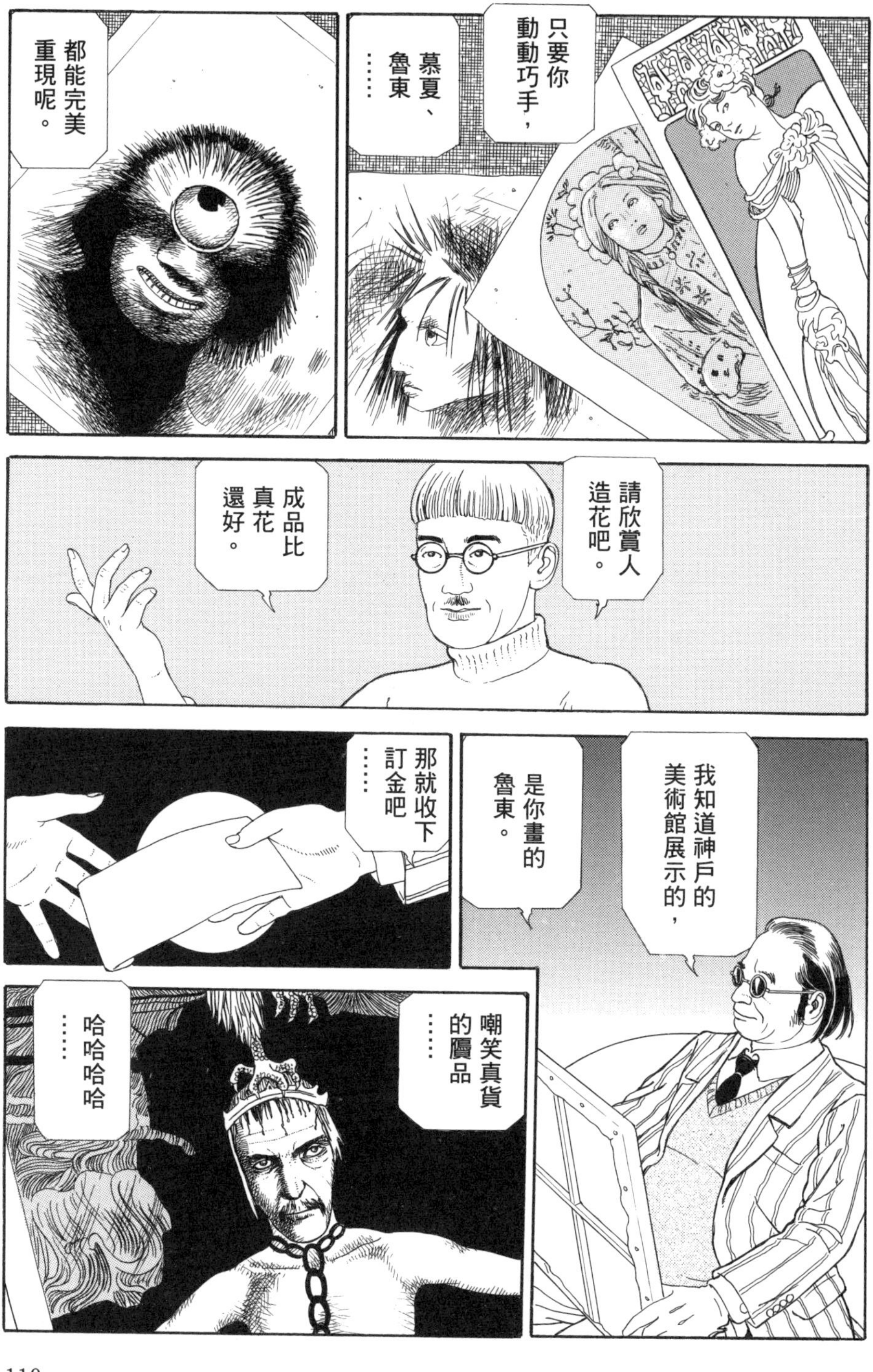
只要你動動巧手，
慕夏、魯東……
都能完美重現呢。
請欣賞人造花吧。
成品比真花還好。
我知道神戶的美術館展示的，
是你畫的魯東。
那就收下訂金吧……
嘲笑真貨的贗品……
哈哈哈哈……

老爺，
警察登門來訪了。
警、警察!?
（啪答）
（喀恰）
啊啊……
托米諾……

門開著……！
ギィィ
（嘰──）
カチャ
啊！
（喀恰）

啊!!
ガタッ
(喀答)

啊
嘻嘻
啦啦啦啦啦
（咕喳）
喵嗚嗚嗚嗚嗚

我終於逃離了討厭鬼爸爸。
能不能見到化丹呢？

（答 答 答答 答 答答）

（沙沙）
小綾，謝謝妳。
好想趕快見到托米諾。
但要是汪跟她在一起……
（沙沙）
汪太可怕了！
我會和托米諾分開都是汪害的。

汪！汪！
都是汪的錯！
好冷。
福引
大賣出し
塩野呉服店

滿洲のパン
肚子餓了呀……
這裡是哪裡呢？
中華民國人耳そうじ
淺草在哪裡呢？
哈哈！這裡是橫濱啊，橫濱。
旅館 港屋

*滿洲的麵包

*中華民國耳垢清理

稻草人，那頂帽子…
嗯，
是阿姨買給我的！
阿姨也有買東西給我喔。
月星牌的鞋子。

到現在還覺得像在作夢呢。
住在唄子小姐家，
吃唄子小姐做的飯。
小偷!!
有小偷~!
到處都有小偷呢。
可惡！
想說是女孩子，就輕忽了！
嗚嗚

托米諾的地獄 3 完

托米諾失去住處，流落街頭，而化丹暗中下了某個決定，踏上歸途。
汪持續他旁若無人的舉止，
見世物小屋的畸人們在唄子身邊相依爲命……
跌入深淵黑暗的「時代」，頃刻後便會將所有事物誘至地獄的盡頭。

漫畫界魔神，使出渾身解數描繪的浪漫愛恨復仇譚，
終於要在下集完結了。

《托米諾的地獄》第四集，敬請期待前所未見的最終場面。

首度刊載於　月刊《Comic Beam》二〇一七年一月號～五月號

《托米諾的地獄》藝廊

丸尾末廣在單行本製作階段總會大幅加筆、修正，在雜誌連載時也會斟酌內容結構到最後一刻。

以下收錄的是《托米諾的地獄》連載時最終遭到刪除的稿子。它是原本設想中必要場景的底稿，十分精細，而且已經完成。

ドン
ドン
ドン

ミ〜ン
ミ〜ン
ミ〜ン
アイスクリン
だめ!!

漫畫第二集出版時的宣傳品用插畫。

墨必斯

〈丸尾末廣，或者，絕望的喊叫〉

以下收錄一九九一年，法國漫畫家墨必斯於老牌BD（歐式商業漫畫）出版社Casterman的《A SUIVRE》雜誌上發表的〈Suehiro Maruo ou le cri désespéré〉之全文。

丸尾末廣是性愛式沸騰的「憤怒」，也是破壞的意志。

他不給予受虐孩童救濟，並對他們投以真誠的同情眼神，與此同時，他自身內部洶湧的駭人憤怒使他盲目。「你要是因我陷入不幸，就太好了。所有人都墮落、失散，就太好了。所有人都死去的話，就太好了。所有人……」

丸尾擁有一股迫切的衝動，他會想表現「被傷害到極限者特有的孩子氣態度，與其痛苦」。

我只要接觸到他的作品，總是會產生混亂的感情。我會為眼前的創傷或傷口感到心疼，同時又發自內心地讚賞他向人類展現的殘酷姿態。

丸尾有如亞杜・韓波，表現得像個藝術家。他懷著對激烈暴力的渴求和嚴峻的自豪，站立在自身靈魂的廢

墟之上。

他的感覺也相對敏銳，對於喬治・巴塔耶、薩德侯爵等歐洲文學的傳統或黑暗情色體系與自身的關連是有所自覺的。

他能夠使自身的個人性痛苦與世界性痛苦合而為一，由於其作品擁有的豐饒與趣味堪稱模範，我們無法不為他訴說之事、展現之物留步。

我們也不能忘記丸尾驚人的畫力。他的佈局美妙，描線技巧熟練，美學高度與超乎常識的優雅滿溢而出。

丸尾罹患了不打破所有禁忌就無法罷休的病。透過這份痛苦，他甚至可以克服異文化交流之困難。

許多人忌諱其作品，是情有可原的。那是因為，我們最想保持曖昧的部分，是他選擇亢進之處。

丸尾具現化這世界的黑暗面，意圖藉此煽動、擾亂

一切。我們無法承受，恐懼顫慄。

面對他作品最現實的反應，就是遵守公眾秩序吧？因為公眾秩序禁止作品中描寫的那些行為。一般性的社會機能，使得大部分的人都對於揭露黑暗深淵不感興趣。他們無法直視丸尾展現的世界。

我們所有人都被監禁在完全關閉的箱子裡，發出絕望的叫喊——這是丸尾告訴我們的事實。

丸尾刻意做出如此告知，刻意將各世代的痛苦釋放到世界上。我的痛苦，我們父母的痛苦，我們祖先的痛苦，我們的文明從初始之時便懷有的痛苦。當它們全被暴露在光天化日之下時，我們才總算能夠得知何為真正的「自由世界」吧。雖然那「世界」可能不是我們夢想的理想國度。

丸尾末廣的漫畫，必須要盡快翻譯才行。這是需要緊急處理的問題。

"Suehiro Maruo ou le cri désespéré"
Mœbius

Maruo est l'incandescence totale de la colère sexuelle, de la volonté destructrice, de l'appel au secours permanent d'un enfant torturé, dans un regard plein de compassion mais en même temps aveuglé par une rage terrible. « Bien fait si je souffre, bien fait si vous n'êtes pas contents, bien fait si tout s'écroule, bien fait si tout le monde meurt, bien fait si… » Maruo est dans l'attitude enfantine caractéristique de la plus extrême souffrance et dans l'urgence de l'expression de cette souffrance. Je regarde ses bandes avec un sentiment très partagé : d'une part, il y a une sympathie pour le traumatisme qu'on voit et la blessure béante qui est là, et, d'autre part, j'ai une admiration sincère pour l'homme : Maruo se conduit comme un artiste, comme un Rimbaud. Il est dressé avec une telle violence et une telle fierté sur les ruines de son âme. Et, en plus, il en est extrêmement conscient et se met en relation avec ses frères de la tradition littéraire européenne et de l'érotisme noir, Bataille et Sade. Il associe sa souffrance à la souffrance planétaire. En cela, il est extrêmement exemplaire, riche et intéressant et il mérite que nous nous arrêtions devant ce qu'il montre et dit. Il ne faut pas oublier sa qualité de graphiste étonnant. Son dessin est beau, son trait est d'une finesse, d'une qualité esthétique et d'un raffinement insensés. Maruo est dans une détresse telle qu'il brisera tous les tabous. Sa douleur lui fait surmonter le problème délicat de la communication. Je conçois que des gens puissent être effrayés par son travail : il met à jour des parties de nous que la plupart occultent et Maruo, en montrant cette face cachée, la fait bouger, s'agiter en chacun de nous. On ne peut pas supporter et on a très peur. Alors le réflexe immédiat consiste à se dire qu'il faut protéger le public de ça. Par la fonction sociale qu'ils se donnent, beaucoup n'ont pas intérêt à aller gratter dans les noires profondeurs. Ils ne peuvent se confronter à cette vérité que Maruo nous montre à longueur de pages : nous sommes tous porteurs d'un cri désespéré et nous l'enfermons dans une boîte bien close. Maruo, lui, ose. Et en osant il libère la souffrance de générations entières : notre souffrance mais aussi celle de nos parents, de nos aïeux, de notre culture. Le jour où tout sera sorti, nous serons peut-être enfin dans un univers libre même si ce monde n'est pas à l'image idéaliste qu'on s'en fait dans nos rêves. Maruo mériterait d'être traduit. C'est une urgence.

First published in Casterman Comics Magazine "A SUIVRE" July 1991

作者撰寫本文時，丸尾末廣作品尚未正式推出法文版。第一部法譯漫畫《少女椿》（*Lajeune fille aux camélias*）要等到二〇〇五年才會由 Editions IMHO 出版。

也就是說，丸尾末廣當時在 BD※1 圈可說是沒沒無聞的存在，但只要讀這段文字，就會知道墨必斯※2 搶先了所有人理解，而且是正確地理解丸尾魅力的核心，並爲他醉心。

我們獲得 Casterman 出版社※3 以及墨必斯遺孀的莫大協助，才得以刊登這篇文章。我們由衷感謝。

編輯部

※1 BD（Bandes dessinée）：指以法國、比利時地區為主出版的歐洲商業漫畫。
※2 墨必斯（Moebius，1938～2012）：法國最重要的漫畫家，對手塚治虫、大友克洋、宮崎駿等日本創作者造成莫大影響。
※3 Casterman：總部在比利時的出版社，最有名的作品為艾爾吉的《丁丁歷險記》，到了現代也出版許多重要 BD，例如馮索瓦．史奇頓和貝涅．彼特合作的《朦朧城市》（*Les cités obscures*）。

作者
丸尾末廣

一九五六年（昭和三十一年）一月二十八日生，長崎縣人。

年少時期熱中於漫畫雜誌《少年 KING》、《少年 MAGAZINE》，立志成爲漫畫家。十五歲前往東京，十七歲投稿至《少年 JUMP》，但理解到自己的風格與少年雜誌不符後，有一段時間停止創作漫畫。二十四歲時以〈繫緞帶的騎士〉出道。二十五歲時出版首部單行本《薔薇色的怪物》。此後，陸續發表許多漫畫、插畫作品，以挑戰禁忌的獨特題材、劇情及表現手法獲得廣大人氣。代表作另有《少女椿》、《犬神博士》等。二〇〇八、〇九年分別出版改編自江戶川亂步原著的《帕諾拉馬島綺譚》及《芋蟲》，並以前者獲得第十三屆手塚治虫文化賞新生賞。二〇一六年眞人版電影《少女椿》上映（TORICO 執導）。除本作外，繁體中文版已出版作品有《芋蟲》、《少女椿》、《發笑吸血鬼》、《帕諾拉馬島綺譚》（皆由臉譜出版發行）。

譯者
黃鴻硯

公館漫畫私倉兼藝廊「Mangasick」副店長。

《漫漶：日本另類漫畫選輯》翻譯與共同編輯者。近年爲商業出版社翻譯丸尾末廣、駕籠眞太郎、松本大洋的漫畫作品，也進行逆柱意味裂、不吉靈二、好想睡、Ace 明等小衆漫畫家的獨立出版計畫，幾乎每天都透過 Mangasick 臉書頁面散布台、日另類視覺藝術相關情報。

PaperFilm 視覺文學 FC2084

托米諾的地獄　3

2023 年 6 月　一版一刷

作　　者　丸尾末廣

譯　　者　黃鴻硯
責任編輯　謝至平
裝幀設計　馮議徹
行銷業務　陳彩玉、林詩玟
排　　版　傅婉琪

發 行 人　凃玉雲
編輯總監　劉麗真
出　　版　臉譜出版
城邦文化事業股份有限公司
台北市民生東路二段 141 號 5 樓
電話：886-2-25007696 傳真：886-2-25001952

發　　行　英屬蓋曼群島商家庭傳媒股份有限公司城邦分公司
台北市中山區民生東路二段 141 號 11 樓
客服專線：02-25007718；25007719
24 小時傳真專線：02-25001990；25001991
服務時間：週一至週五上午 09:30-12:00；下午 13:30-17:00
劃撥帳號：19863813 戶名：書虫股份有限公司
讀者服務信箱：service@readingclub.com.tw
城邦網址：http://www.cite.com.tw
香港發行所　城邦（香港）出版集團有限公司
香港灣仔駱克道 193 號東超商業中心 1 樓
電話：852-25086231　傳真：852-25789337
馬新發行所　城邦（新、馬）出版集團
Cite (M) Sdn. Bhd. (458372U)
41, Jalan Radin Anum, Bandar Baru Seri Petaling,
57000 Kuala Lumpur, Malaysia.
電話：+6 (03) 90563833　傳真：+6 (03) 90576622
電子信箱：services@cite.my

ISBN 978-626-315-296-0（紙本書）
ISBN 978-626-315-303-5（EPUB）

售價：250 元

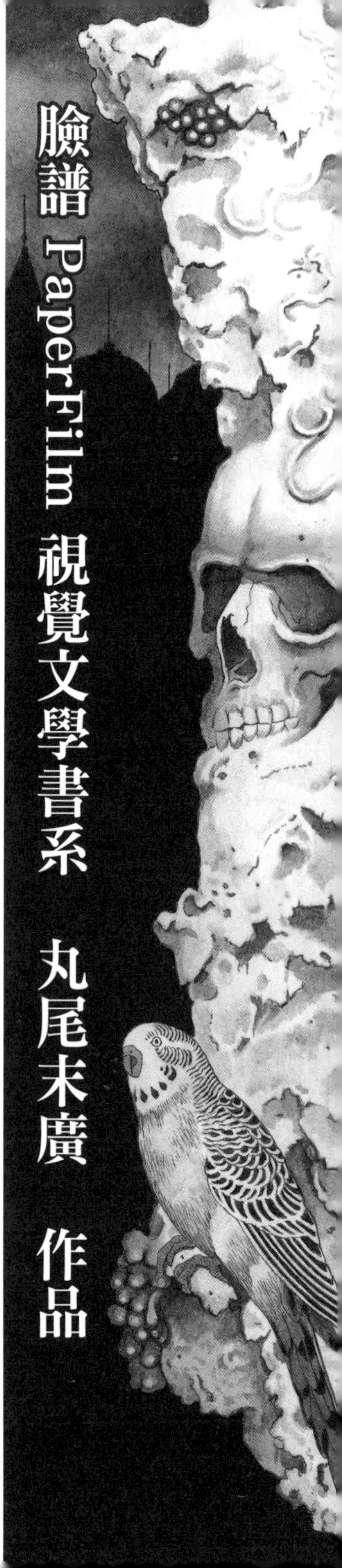

臉譜 PaperFilm 視覺文學書系 丸尾末廣 作品

少女椿

「我們如此不堪入目，請見諒。」
奇慘地獄裡的純情畸戀，一部異色絕倫的「薄幸系」少女成長物語。
曾改編爲動畫化及眞人電影，丸尾末廣生涯代表作。

芋蟲

原作 江戸川亂步

極度赤裸的人性矛盾，一場愛、慾、恨交織的殘酷人間悲劇——當摯愛回到了身邊，卻不再是「人」，這是上天賜予的奇蹟，還是要將妳拖進地獄的噩夢？
以極致妖美之繪，重現日本文學史上最震懾人心的反戰禁忌經典。

發笑吸血鬼

「大地不接納我這具身體，就是我身爲吸血鬼的證據！」

一部畫給被污辱與被損害之人的鎮魂歌。成功揉合情色、暴力、懸疑與奇幻元素，奠定後期畫風與敘事結構之作。

帕諾拉馬島綺譚

原作 江戶川亂步

「浮世如夢，夜夢才眞實。」

繼《芋蟲》後，丸尾末廣又一亂步改編傑作，以極致耽美之繪，具象化亂步筆下極樂荒淫世界，重現日本文學史上極具爭議之作。